Die drei Leben des Michele Sparacino

Das Buch

In Vigatà treibt ein Geist sein Unwesen: Der legendäre Michele Sparacino stachelt die Männer des Ortes dazu an, gegen ihre Arbeitsbedingungen zu demonstrieren. Eine Flut von Streiks überzieht bald das gesamte Land. Die Regierung gerät ins Straucheln, und Italien steht kurz vor einem politischen Umbruch.

Was keiner ahnt: Michele ist ein harmloser Säugling, das jüngste von sieben Kindern einer in Vigatà lebenden Arbeiterfamilie. Und all der Trubel um seine Person wurde allein durch die amtliche Meldung seiner Geburt ausgelöst, die aufdeckte, dass die Rathausuhr, nach der sich das gesamte Leben richtet, seit Jahrzehnten falsch geht.

Während Michele nichtsahnend heranwächst, eilt ihm sein Ruf voraus. Ein Ruf, der aus einem kleinen Jungen eine Legende macht und der ihm letztlich zum Verhängnis wird …

Eine wunderbare Geschichte voller Tragik und Komik, erzählt von einem der größten Schriftsteller Italiens.

Der Autor

Andrea Camilleri wurde 1925 in Porto Empedocle, Sizilien, geboren. Er ist Schriftsteller, Drehbuchautor und Regisseur. Mit seinem vielfach ausgezeichneten Werk hat Camilleri sich inzwischen nicht nur einen festen Platz auf den italienischen, sondern auf den internationalen Bestsellerlisten erobert. Andrea Camilleri ist verheiratet, hat drei Töchter, vier Enkel und lebt in Rom.

Andrea Camilleri

DIE DREI LEBEN DES MICHELE SPARACINO

Illustriert von Roberto Innocenti

Aus dem Italienischen
von Moshe Kahn

List Taschenbuch

Besuchen Sie uns im Internet:
www.list-taschenbuch.de

Umwelthinweis:
Dieses Buch wurde auf chlor- und säurefreiem Papier gedruckt.

Deutsche Erstausgabe im List Taschenbuch
List ist ein Verlag der Ullstein Buchverlage GmbH, Berlin.
1. Auflage Mai 2010

Titel der italienischen Originalausgabe:
La tripla vita di Michele Sparacino (RCS Libri S.p.A. – Milano)
Konzeption: semper smile Werbeagentur GmbH, München
Umschlaggestaltung: bürosüd° GmbH, München
Titelabbildung: © Roberto Innocenti
Satz: LVD GmbH, Berlin
Gesetzt aus der Goudy Old Style
Papier: Munkenprint von Arctic Paper Munkedals AB, Schweden
Druck und Bindearbeiten: CPI – Clausen & Bosse, Leck
Printed in Germany
ISBN 978-3-548-60985-0

I

Michele Sparacino erblickte Punkt Mitternacht zwischen dem dritten und dem vierten Januar 1898 das Licht der Welt.

Wenn man sagt, er erblickte das Licht der Welt, ist das nicht wörtlich zu nehmen, denn abgesehen davon, dass es tiefe Nacht war, war das Einzige, was einen schwachen Lichtschein in diesem einen Raum gab, in dem die Familie Sparacino zusammenwohnte, Vater, Mutter und sieben Kinder, einschließlich Michele, eine angezündete, in einen Flaschenhals gepfropfte Kerze. Doch auch dieses Mal waren Signora Ersilia, die Mutter, wie auch ihre älteste Tochter Tonina von vierzehn Jahren durchaus imstande, alleine zurechtzukommen, weil Nanà, das Familienoberhaupt, sturzbetrunken eingeschlafen war, so wie jeden Abend. Und die anderen Kinder waren keine Hilfe.

Das erste Problem, das Michele der Gesellschaft zumutete, ergab sich, als sein Vater ihn ins Geburtenregister eintragen lassen wollte.

»Wann wurde der Junge geboren?«, fragte der Beamte.

»Meine Frau sagt mir Punkt Mitternacht zwischen dem Dritten und dem Vierten.«

»Habt ihr im Haus einen Wecker, eine Uhr?«

»Neenich.«

»Wie will sie dann wissen, dass es Punkt Mitternacht war?«

»Nu ja.«

»Was soll ich denn schreiben? Den Dritten oder den Vierten?«

»Nu ja.«

»Ich schreib den Dritten.«

Nanà dachte einen Augenblick nach, während der Beamte die Feder ins Tintenfass tunkte.

»'tschuldigung vielmals, aber warum wollen Sie ihn einen Tag älter machen?«

»Ich will niemanden zu gar nichts machen. Entscheiden Sie sich: den Dritten oder den Vierten?«

»Nu ja.«

»Dann schreib ich also den Vierten.«

Nanà redete, während der andere die Feder wieder ins Tintenfass tunkte: »Hören Sie bitte, können Sie nicht bis morgen warten, damit ich erst mal mit meiner Frau darüber reden kann?«

Der Beamte warf den Federhalter in die Luft, der, als er wieder herunterfiel, einen Klecks auf dieser Seite im Register machte. Der Beamte fluchte blind drauflos. Nanà kehrte nach Hause zurück und war wütend auf Ersilia.

»Da hast du mich ja ganz schön blöd aussehen lassen! Was soll ich denn dem vom Geburtenregister jetzt sagen? Am Dritten oder am Vierten?«

»Besser am Vierten.«

Am nächsten Morgen kehrte Nanà wieder zum Geburtenregister zurück.

»Signore mio, meine Frau hat mir erklärt, dass, während mein Sohn auf die Welt kam, die Uhr des Rathauses Mitternacht schlug. Und weil wir's uns daher aussuchen können, haben wir beschlossen, dass er am Vierten geboren wurde.«

Der Beamte sagte nichts, doch ins Register schrieb er eine Drei.

Nanà, der die Zahlen bis zehn kannte, wurde wütend.

»Vier habe ich Euch gesagt!«

»*Amico mio*, die Uhr des Rathauses geht reichlich zehn Minuten vor. Somit ...«

»Und woher wollt Ihr das wissen?«

»Weil ich *die* hier habe.«

A
B
C
D
E
F
GH
L
M
O
PQ
S
extra

Aus seiner Westentasche zog der Beamte eine große Taschenuhr, auf deren Deckel ein qualmender Zug eingraviert war.

»Diese hier«, fuhr der Beamte fort, »ist eine Uhr der Staatsbahnen. Die geht auf die Sekunde genau.«

Am selben Abend gab Nanà eine Runde für die Freunde aus der Taverne von Bonsignore aus, um Micheles Geburt zu feiern. Ein Junge ist doch immer wieder ein großes Ereignis, auch wenn er nach sechs anderen Kindern eintrifft. Und so kam es, dass er die Geschichte erzählte, die auf dem Geburtenregister geschehen war.

Da fragte Oreste Pilocco: »Bist du dir auch sicher, dass die Rathausuhr zehn Minuten vorgeht?«

»Ich bin mir über gar nichts sicher. Doch als der Beamte mir seine Uhr gezeigt hat, fehlten noch zehn Minuten bis halb, wohingegen die Rathausuhr bereits halb schlug.«

»Wie spät ist es?«, fragte Oreste wieder.

»Bis Mitternacht ist's noch 'ne halbe Stunde«, antwortete ihm Bonsignore.

Daraufhin trank Oreste noch zwei Glas Wein, und um Viertel vor Mitternacht ging er, nachdem er sich von seinen Freunden verabschiedet hatte, zum Hafen.

Das Postschiff Vigatà-Lampedusa war schon bereit auszulaufen. Die Abfahrtszeit war Punkt Mitternacht.

Nach einer Weile hörte Oreste, wie die Rathausuhr zwölf schlug. Doch das Postschiff machte keine Anstalten abzulegen. Nachdem zehn Minuten vergangen waren, ließ das Dampfschiff ein langes Pfeifen seiner Sirene ertönen und begann mit den Auslaufmanövern. Also hatte der Beamte recht, die Rathausuhr ging zehn Minuten vor.

Vor fünf Jahren hatte Oreste Pilocco sich eineinhalb Jahre Gefängnis eingehandelt, weil er alle, die im Hafen arbeiteten, dazu anhielt, bei den Streiks der sizilianischen Bündler mitzumachen, und war als »gefährlich subversiv« in die Kartei eingegangen. In jener Nacht gönnte er sich zwei Stunden Schlaf und machte sich dann zu dem weitläufigen Marstall der Marchesi Giannertoni auf, der außerhalb des Ortes, in der Nähe des Friedhofs lag.

In dem Marstall waren zweihundert Karren und zweihundert Maultiere untergebracht.

Sobald die Rathausuhr die dritte Stunde in der Frühe schlug, stellten die Karrenkutscher Karren und Maultiere zusammen und machten sich zur Mine Trabonella auf, um den geförderten Schwefel aufzuladen und zu den Lagerhallen am Hafen zu fahren.

Oreste sah die Karrenkutscher hineingehen, doch sobald es Viertel nach drei war und die ersten Karren bereit waren wegzufahren, sprang er auf einen schon gerichteten Karren und rief mit gewaltiger Stimme: »Hört alle her! Die Rathausuhr geht zehn Minuten vor!«

Nachdem die erste Verwunderung vorüber war, fragte einer der Karrenkutscher: »Was zum Teufel geht uns das an?«

»Nein, nicht so! Denn das geht euch sehr wohl was an! Denkt doch nach! Wenn ihr Schlag drei mit eurer Arbeit anfangt, bedeutet das, dass ihr zehn Minuten früher angefangen habt. Und das bedeutet, dass ihr an sechs Arbeitstagen eurem *Padrone* eine Stunde geschenkt habt! In einem Monat habt ihr ihm vier Stunden geschenkt! In drei Monaten einen ganzen Arbeitstag, der euch weder anerkannt noch bezahlt wird!«

»Verdammt! Das ist richtig!«, sagte der eine und der andere.

Zufrieden mit dem Ergebnis sprang Oreste von dem Karren herunter und ging wieder schlafen.

Ein wildes Durcheinander brach los.

Die Karrenkutscher verlangten vom Marchese die Bezahlung des zusätzlichen Tages, und zwar von Beginn an, was bedeutete: seit fünf Jahren, das heißt seit dem letzten Mal, als die Uhr überprüft worden war. Der Marchese weigerte sich. Die Karrenkutscher streikten.

Aus Solidarität mit den Karrenkutschern streikten auch die Bergleute.

Und aus Solidarität mit den Bergleuten streikten auch die Träger, das waren diejenigen, die sich den Schwefel auf die Schultern luden und ihn bis zu den Booten trugen.

Und es streikten auch alle die, die in Vigatà zu den Stunden arbeiten gingen, zu denen die Uhr schlug: alle, die in den Backstuben das Brot machten, die den Müll wegschafften, die Lehrer in den Grundschulen, alle städtischen Angestellten und andere ... Mit einem Wort: ein einziges Chaos.

Von Palermo wurde eilig ein Journalist nach Vigatà geschickt, der sich informieren sollte, was sich in dieser Gegend da tat.

Und vor lauter Fragen bei diesen und bei jenen verstand der Journalist am Ende überhaupt nichts mehr und brachte alles durcheinander. Und so schrieb er einen Artikel, der die ganze Schuld an diesem Zustand »dem allgemein bekannten subversiven Aufhetzer Michele Sparacino« gab.

Daraus entstand sogar eine subtile juristische Frage, die Rechtsanwälte von Rang und Namen beschäftigte.

Vier Jahre zuvor nämlich war dem Barone Giuggiù Malatesta um fünf Uhr fünf ein Junge geboren worden. Bei der Geburt war auch der Notar Carmelo Lòllaro zugegen, denn diese Geburt war eine außerordentlich heikle Angelegenheit.

Das Testament des Barons Malatesta senior legte nämlich fest, dass, sofern sein Erstgeborener Giuggiù keinen Sohn innerhalb und nicht später als fünf Uhr morgens am Tag des fünfzehnten März achtzehnhundertvierundneunzig habe, sein Erbteil an den Zweitgeborenen Attilio übergehen würde. Und es war Attilio, der den Notar Lòllaro geschickt hatte, denn er befürchtete, dass Giuggiù ihn betrügen könnte.

Um nun aber festlegen zu können, dass der Junge nach fünf Uhr geboren wurde, hatte sich der Notar auf die Rathausuhr verlassen. Und weil der Beamte des Geburtenregisters nicht derselbe mit der Eisenbahneruhr war, war Giuggiùs Sohn mit der Geburtszeit fünf Uhr fünf eingetragen worden. Und Giuggiù Malatesta hatte das Erbe verloren.

Doch jetzt, da man erfahren hatte, dass die Uhr zehn Minuten vor ging, hatte Giuggiùs Rechtsanwalt einen Antrag eingebracht und die Rückgabe des Erbes verlangt, weil der Junge ja eigentlich um fünf Minuten vor fünf geboren worden war. Der Rechtsanwalt von Attilio Malatesta brachte einen Gegenantrag ein und begründete ihn mit dem Umstand, dass keiner in der Lage sei zu sagen, ob die Rathausuhr schon vor vier Jahren zehn Minuten vor ging oder ob sie diese zehn Minuten nach und nach im Lauf der fünf Jahre seit der Überprüfung angesammelt habe.

Und dann gab er zu bedenken, dass, wenn der Antrag der Gegenpartei positiv beschieden würde, ein Durcheinander ohnegleichen ausbrechen würde, weil jeder in den zurückliegenden fünf Jahren abgeschlossene Vertrag angefochten werden könne.

Um ein Ende des Streiks herbeizuführen, hatte Marchese Giannertoni unterdessen eine Vereinbarung auf der Grundlage getroffen, dass er den Karrenkutschern die Hälfte von ihren Forderungen zahlte. Und gleichzeitig reichte sein Rechtsanwalt Klage gegen die Gemeinde ein.

In nicht einmal zwei Wochen erhielt die Gemeindeverwaltung von Vigatà zwölf vorerst gütliche Forderungen auf Schadensersatz. Sollte die Antwort jedoch negativ ausfallen, würde man vor Gericht ziehen.

Bevor der Bürgermeister seinen Rücktritt einreichte, tat er zwei Dinge.

Als Erstes forderte er von der Firma, die den Zuschlag für die

Instandhaltung der Uhr bekommen hatte, eine exorbitante Summe als Schadensersatz.

Und als Zweites feuerte er den Beamten des Geburtenregisters wegen »Störung der öffentlichen Ordnung«.

Der schon erwähnte Journalist aus Palermo traf ein, ließ sich die Dinge erzählen, verstand nichts von dem, was er hörte, und schrieb einen Artikel mit der Überschrift: *Der bekannte Aufhetzer Michele Sparacino sorgt für weiteren sozialen Schaden in Vigatà.*

Er wollte schon nach Palermo zurückkehren, als ihn ein Telegramm seines Chefredakteurs erreichte: »Dringend Interview mit Sparacino«.

Der Journalist, welcher Liborio Sparuto hieß, begann zu fragen, wo er diesen Sparacino finden könne. Doch keiner von denen, die er angesprochen hatte, wusste auf Ehr und Gewissen etwas über ihn.

Da schrieb er einen weiteren Artikel, in welchem er erzählte, wie die gesamte Bevölkerung von Vigatà Sparacino schütze, indem sie eine Mauer des Schweigens um ihn errichte. Der Chefredakteur schickte wutentbrannt ein zweites Telegramm: »Betrachten Sie sich als gefeuert, sollte das Interview nicht zustande kommen«.

Was konnte der arme Sparuto also machen? Er schrieb das Interview. Darin sagte er, er sei mit verbundenen Augen von zwei

MORTE AI PADRONI!

geheimnisvollen Männern in eine Grotte geführt worden. Hier hätten die beiden ihm die Binde abgenommen und alleine gelassen. In der Grotte habe er ein Strohlager zum Schlafen gesehen, eine Petroleumlampe, einen kleinen Tisch und zwei Stühle. An einer Wand habe ein Schriftzug gestanden, der besagte: »Tod den Bonzen!« Nachdem er ungefähr fünf Minuten gewartet habe, sei Sparacino mit zwei Luparas bewaffnet aufgetaucht.

Sparuto beschrieb ihn als einen noch nicht einmal zwanzigjährigen Jungen, mit finsteren Augen, die einem Angst und Schrecken einjagen würden. Das Gespräch sei nur kurz gewesen. Sparacino habe gesagt, dass er keine Zeit mit Zeitungen zu verlieren habe, dass er nur eine sehr genaue Vorstellung habe: den Tod aller Bonzen und die Gleichheit aller Menschen. Und für dieses Ziel würde er kämpfen und die ganze Provinz mit Eisen und Feuer überziehen, bis zum Tode, vor welchem er sich nicht fürchte, weil er nicht an Gott glaube. Am Ende des Interviews fügte der Journalist nur einen Kommentar an: »Von einem Mann dieses Schlags kann für alle nur großer Schaden kommen.«

Fast hätte den Präfekten von Montelusa, zu dessen Provinz Vigatà gehörte, der Schlag getroffen, als er die Zeitung las. Und er gab Befehl, den Sparacino unverzüglich zu verhaften, und dem Journalisten Sparuto gab er Anweisung, sich nicht von Vigatà zu entfernen, weil er als Einziger imstande sei, den subversiven Schreckensmenschen zu erkennen.

Natürlich fand man auch nach drei Tagen, in denen das gesamte Land rings um Vigatà Zentillimeter für Zentillimeter abgesucht worden war, die bewusste Grotte nicht. Die Carabinieri verhafteten bei dieser Gelegenheit aber drei Untergetauchte. Allerdings hatte keiner von ihnen jemals den gefährlichen Umstürzler kennengelernt.

Sparutos Artikel titelte: *Sparacino nicht zu fassen.*

Bei den Wahlen gingen zum ersten Mal die Sozialisten als Sieger hervor. Und Sparuto schrieb, Sparacino habe die Gemeinde von Vigatà der Linken ausgeliefert.

Unterdessen trank Michele Sparacino die Milch seiner Mutter und wuchs zusehends vor den Augen aller. Und ganz sicher sollte er einmal ein schöner, kräftiger Junge werden.

II

Für Sizilien und nicht nur für Sizilien waren die Zeiten damals äußerst schwer.

Im Jahr 1894 war der Belagerungszustand ausgerufen worden, was bedeutete, dass sich mehr als drei Personen nicht zusammentun durften, um miteinander zu reden, und dass man jemanden wie einen Hund umbringen konnte, wenn er dabei erwischt wurde, dass er nach Sonnenuntergang auf der Straße ging.

Vier Jahre darauf, das heißt, in dem Jahr als Michele Sparacino gerade geboren worden war, hatte General Beccaris in Mailand den großartigen Einfall, mit Kanonen auf die Arbeiter zu schießen.

Zwei Jahre später wurde König Umberto von einem Anarchisten ermordet, der Bresci hieß.

Die Nachricht von der Ermordung des Königs löste Bestürzung unter dem Adel und der bürgerlichen Bevölkerung von Vigatà aus, und als Erstes beschloss man, in der Kirche eine feierliche Messe für die gebenedeite Seele des Königs lesen zu lassen.

Eine Abordnung bestehend aus dem Marchese Pecoraro als dem Vertreter des Adels und Dottor Filippazzo als dem Vertreter der bürgerlichen Gesellschaft begab sich in die Hauptkirche, um mit dem Pfarrer Don Talentino zu sprechen und den Preis, die Uhrzeit und den Tag festzulegen.

»Schlagen Sie sich das aus dem Kopf!«, sagte Don Talentino sehr resolut, sobald er hörte, was die beiden Herren wollten.

»Wieso?«, fragte der Marchese verwundert.

Padre Talentino war einer, der kurz und bündig redete: »Darum!«

»Nein, so nicht! Sie müssen sich schon erklären!«

»Dann erklär ich mich eben! Zunächst, *in primis*, weil die Savoyer ihn uns mit der Schweinerei an der Porta Pia in den Allerwertesten gejagt haben. Zweitens, *in secundis*, haben sie uns Ländereien, Häuser und Geld gestohlen! Also, lassen wir das, andernfalls fang ich an zu fluchen. Ihr König soll sich seine Hörner *in saecula saeculorum* in den Flammen der Hölle versengen!«

Da ging die Delegation in die Kirche von San Giusipuzzu, wo Don Agazio Lomento Pfarrer war, und der wiederum war der Neffe von einem, der mit Calibarbo am Aspromonte war.

»Das kommt überhaupt nicht in Frage!«

»Und wieso nicht?«, fragte Dottor Filippazzo.

»Diese falschen Fuffziger von Savoyern haben auf Garibaldi schießen lassen. Nachdem er ihnen halb Italien übergeben hat ... Hornochsen! *Cornutazzi*! Schluss! In dieser Kirche werden für diese Savoiarder keine Messen gelesen.«

Jetzt blieb nur noch die Kirche Maria Vergine, die älteste, schon halb verfallen innen wie außen, deren Gemeindemitglieder arme Schlucker waren und deren Pfarrer, Don Alicuzzo, Messen manchmal in halb betrunkenem Zustand las. Für einen König zwar nicht das Angemessene, aber eine andere Wahl gab es nicht.

Angesichts der Tatsache, dass in der Kirche nicht alle Platz finden konnten, die kommen würden, trafen die Abordnung und Don Alicuzzo die Vereinbarung, dass der Pfarrer die Messe vor dem offenen Kirchenportal lesen würde, damit die Leute sie auf der Piazzetta hören konnten, die vierhundert Menschen fasste und für diese Gelegenheit mit Stühlen bestückt würde.

Am folgenden Sonntag zur Mittagszeit, fünf Minuten nachdem Don Alicuzzo, der sichtlich voll war wie eine Haubitze, angefangen hatte, die Messe zu lesen, tauchten auf den Dächern der Häuser, die die Piazzetta einfassten, an die zehn maskierte Männer auf, von denen jeder einen Eimer in der Hand hielt. Auf ein bestimmtes Zeichen hin steckten die zehn Männer eine Hand in den Eimer, nahmen etwas heraus und warfen es auf die unten sitzenden Menschen.

Die ersten zehn, die von diesem Wurf etwas abbekommen hatten, merkten auf der Stelle, und zwar weniger vom Geruch als von der Beschaffenheit her, dass es sich um menschliche Scheiße handelte.

Bei der gleich darauf einsetzenden Flucht wurden fünf Gläubige, drei Frauen und zwei Männer, von den Menschen niedergetrampelt und später ins Spital von Montelusa gebracht.

Dieses Mal kamen zwei Journalisten nach Vigatà, der schon bekannte Sparuto aus Palermo und Giovanni Fecarotta aus Catania.

Der erste titelte seinen Artikel: *Sparacinos unverzeihliche Beleidigung.*

Der zweite: *Sparacino fangen – eine Frage der Ehre.*

Angesichts dieser Situation trat den Präfekten und Polizeipräsidenten Schaum vor den Mund, und Feuer schnaubte aus ihren Nüstern, wenn sie nur einen Anarchisten oder einen Bakunianer oder einen Umstürzler nennen hörten – so bezeichneten sie jemanden, der soziale Gerechtigkeit forderte.

Auf Sizilien hatte man zehn von ihnen verhaftet. Doch hatte

man es nicht geschafft, Michele Sparacino einzulochen, weil man ihn einfach nicht finden konnte, obwohl man alles daransetzte. Für Männer, die dafür sorgen mussten, dass das Gesetz eingehalten wird, war diese Situation unerträglich.

Zudem veröffentlichte der Journalist Fecarotta jeden dritten Tag einen Artikel mit Überschriften wie *Vor Sparacino sind die Behörden offensichtlich machtlos* oder auch *Schlafen Präfekt und Polizeipräsident von Vigatà??*

Am zehnten September des Jahres 1905 wurde der Journalist Sparuto vom Präfekten von Montelusa dringend einbestellt.

In einem Schusswechsel hatten die Carabinieri vier Briganten getötet, drei von ihnen waren identifiziert, der vierte jedoch nicht. Und der Zweifel war aufgekommen, ob es sich bei diesem nicht um Michele Sparacino handeln könnte. Der Einzige, der in der Lage war zu sagen, ob er es war oder nicht, war der Journalist, denn er hatte ihm ja während des bewussten Interviews ins Gesicht geblickt.

Sparuto war es unterdessen leid geworden, weiterhin die Lüge aufrechterhalten zu müssen, ihn getroffen zu haben, und als man ihn vor die Leiche des Unbekannten stellte, entschloss er sich, die Gelegenheit beim Schopf zu packen, um diese Geschichte ein für alle Mal loszuwerden, und so erklärte er, es gebe keinen Zweifel, der Tote sei Michele Sparacino.

Und in dem Artikel, den er verfasste, beschrieb er die Leiche in aller Ausführlichkeit, sagte, dass der Körper genau in der Mitte der Brust eine alte Narbe in Form einer Rose aufwies, die von einer Feuerwaffe herrühre, »ganz fraglos ein Überbleibsel der blutigen Unternehmungen des schrecklichen Aufrührers«.

Der Präfekt hatte gerade nur zwei Tage Zeit, um durchzuatmen und eben noch der Einheit der Carabinieri zu der brillanten Operation zu gratulieren, als die Marchesa Ardelia Nunnaccaro Stampanaro bei ihm vorstellig wurde, deren Schwester Hofdame der Königin war, weshalb sie mit allem Respekt behandelt werden musste. Die Marchesa, eine autoritäre Person von wenig Worten, fragte den Präfekten, wo sich die Leiche von Michele Sparacino befinde.

Der Präfekt erwiderte, dass er tags zuvor, nach der Identifizierung durch den Journalisten, beigesetzt worden sei.

»Holen Sie ihn sofort da heraus«, sagte die Marchesa.

Dem Präfekten verschlug es die Sprache.

»Sie wollen, dass er exhumiert wird?«

»Ich weiß nicht, ob dieses Wort das bedeutet, was ich will. Ich will den Körper sehen, verstanden?«

»Aber wie... wieso?«

»Ich will ihn sehen und basta«, sagte die Marchesa, stand auf und ging fort, ohne auch nur zu grüßen.

Am nächsten Morgen zeigte man ihn ihr. Und auf der Stelle erkannte die Marchesa in dem Toten einen ihrer Neffen, Carmelino, der drei Jahre zuvor von Briganten entführt worden war. Die Narbe in Form einer Rose war von einem alten chirurgischen Eingriff verblieben, nicht von einem Schuss aus einer Feuerwaffe.

Daraus folgte, dass die Carabinieri einen unschuldigen Gefangenen der Briganten getötet hatten.

Die allerbesten Glückwünsche für alle!

Der Capitano der Einheit, der diese Operation geleitet hatte, setzte damit seiner Karriere ein Ende.

Sparuto, der Journalist, räumte seinen Irrtum ein, weil er »durch eine verblüffende Ähnlichkeit«, wie er schrieb, »in die Irre geführt« worden sei.

Fecarotta, der andere Journalist, der nicht für die Identifizierung des Toten einbestellt worden war, weil er Sparacino nie kennengelernt hatte, fühlte sich düpiert und schrieb einen Artikel gegen den Kollegen, mit der Überschrift *Wohin schlechter Journalismus führt,* in welchem er sich zu der Vermutung verstieg, dass Sparuto möglicherweise ein Komplize Sparacinos sei und den

Irrtum absichtlich begangen habe, um dem anderen die Möglichkeit zu geben, in aller Ruhe seine abscheulichen Unternehmungen durchzuführen.

Empört forderte Sparuto seinen Kollgen aus Catania zum Duell. Mit Pistolen.

Auf dem Gelände zitterten die Hände der beiden dermaßen, dass man glauben konnte, sie hätten einen Fieberanfall. Sparutos Schuss verlor sich zwischen den Bäumen, der von Fecarotta dagegen traf einen seiner eigenen Sekundanten unterhalb des Knies, der zu Boden stürzte und vor Schmerzen laut schrie. Das Duell wurde aufgehoben.

In den folgenden Jahren hörte man nichts mehr über Sparacino. Es gab Gerüchte, die behaupteten, er sei nach Malta geflohen oder nach Tunesien.

Die Menschen hatten angefangen ihn zu vergessen, als Carmelita, die Tochter des Ehrenwerten Abgeordneten Trimarco aus Catania und politischer Freund hochgestellter Persönlichkeiten in Rom, den Marchese Filiberto Della Mela heiratete, den Eigentümer dreier Schwefelminen.

Um seinem Schwiegersohn ein Geschenk zu machen, bekam Trimarco von den Staatsbahnen einen hohen Rabatt für den Schwefeltransport auf der Strecke Caltanissetta–Catania ein-

geräumt, wohingegen die Kosten für die Strecke Caltanissetta–Vigatà leicht anstiegen. Was, einfach ausgedrückt, einen halben Bankrott für die Schwefelhändler in Vigatà bedeutete, weil sich der Handel auf diese Weise insgesamt nach Catania verlagern würde.

Daraufhin wurde ein Generalstreik ausgerufen, an dem sowohl reiche Händler als auch arme Schlucker wie Karrenkutscher und Träger teilnahmen. Nach dem Streik machte sich eine Delegation nach Rom auf, wurde vom Minister angehört, und dieser sagte, er würde die Sache überdenken. Und in der Tat, nach einer Woche hob der Minister die Verteuerung für die Strecke Caltanissetta–Vigatà auf und verringerte noch einmal die Kosten für die andere Strecke. Da protestierten Händler und Karrenkutscher noch lauter als zuvor. Sie legten fest, dass sie eine große öffentliche Versammlung abhalten wollten, um festzulegen, was zu tun wäre. Der Präfekt genehmigte die Versammlung nicht, die Menschen versammelten sich trotzdem, die Carabinieri schossen und töteten jemanden, doch gleich darauf sahen sie sich aufgrund der Reaktion, die sich nun zeigte, gezwungen, in ihre Kaserne zu flüchten.

Von Wut gepackt, machten sich über tausend Vigatiner auf den Weg nach Montelusa, überrannten die wachhabenden Carabinieri an der Präfektur, zerstörten das Tor, zogen in den Palazzo ein und setzten ihn in Brand.

Und weil klar war, dass sich früher oder später etwas Großes in Vigatà ereignen würde, befanden sich Sparuto und Fecarotta schon vor Ort. Sparuto, der jeden Verdacht einer Komplizenschaft mit Sparacino von sich weisen wollte, schrieb, dass es eben dieser Sparacino gewesen sei, der die Menge angefeuert habe, die Carabinieri mit Steinen zu bewerfen, und dann habe er sie zum Angriff auf die Präfektur geführt.

Nicht nur habe er Sparacino wiedererkannt, sondern Sparacino habe auch ihn wiedererkannt und ihm »ein höhnisches Grinsen« zugeschickt.

Fecarottas Artikel stellte ein paar Einzelheiten zwar etwas anders dar, doch in seiner Grundaussage bestätigte er den Artikel seines Kollegen.

Die Ereignisse in Vigatà verhinderten nicht, dass die reduzierten Kosten für die Strecke Caltanissetta–Catania bestätigt wurden.

Und das spektakulärste Unternehmen ereignete sich an dem Tag, als von Caltanissetta der erste mit Schwefel beladene Zug nach Catania fuhr.

Die Carabinieri und die Polizei begleiteten die Karren, die

von den Minen des Marchese Della Mela zum Bahnhof fuhren, und auf der Laderampe stand eine Reihe bewaffneter Carabinieri, die überhaupt nicht mehr aufhörte. Die Abfahrt verlief ohne Zwischenfälle.

Keine fünf Kilometer vom Bahnhof entfernt, als sie eine Strecke in offenem Gelände zurücklegten, bemerkte der Heizer Brucculeri, dass etwas auf den Schienen lag, das er nicht erkennen konnte. Da sagte er zu Spiridiuni, dem zweiten Heizer, er solle doch auch mal dahin sehen. Sie waren der Überzeugung, dass es ein ziemlich dicker Baumstamm sein musste. Unter Flüchen brachte Brucculeri den Zug zum Stehen und stieg mit Spiridiuni aus, der an seiner Seite war.

»Schaffen wir das, den wegzuschieben?«, fragte Brucculeri voller Zweifel.

Spiridiuni hatte gar nicht die Zeit zu antworten, als sie sechs Männer zu Pferd aus einem Wäldchen hervorsprengen sahen, deren Gesichter verbunden waren und die Gewehre bei sich trugen. Der Zugführer und der zweite Heizer sanken mit erhobenen Armen auf die Knie.

»Um Himmels willen, bringt uns nicht um! Wir sind doch Familienväter!«

Aber die anderen erwiderten ihnen nichts. Sie stiegen von

ihren Pferden, mit einem Stück Seil banden sie Brucculeri und Spiridiuni an denselben Baum und widmeten sich dann dem Zug.

Innerhalb von einer halben Stunde standen drei Waggons in Flammen.

Eine knappe Stunde später wurden der Zugführer und sein Heizer befreit. Bei der Vernehmung durch die Carabinieri sagten sie, dass der Anführer der sechs Michele geheißen habe, weil er von seinen Kameraden so genannt worden sei. Die Carabinieri fanden in der Nähe der in Brand gesetzten Güterwaggons ein Stilett, das die Initialen »MS« trug. Da hatten sie keinen Zweifel mehr. Irgendjemand wies darauf hin, dass die Initialen auch Mario Smecca, Massimo Sciortino und so weiter bedeuten könnten. Aber es war nichts zu machen. »Hast du erst einen Ruf, dann leg dich ruhig schlafen«, heißt es bei den Alten. Und so schrieb der Journalist Maurizio Lavaccara, der Sparutos Posten übernommen hatte, einen Artikel mit der Überschrift *Michele Sparacino kehrt zurück.*

III

Zur Zeit dieser Ereignisse war Michele Sparacino zehn Jahre alt, und seit vier Jahren rackerte er auf den Feldern, um der Familie so gut er eben konnte zu helfen.

Als 1914 der Erste Weltkrieg ausbrach, wurden seine drei älteren Brüder einberufen, Matteo, Gerlando und Luzzo.

1916 musste auch Michele, der jetzt achtzehn Jahre alt war, zur Musterung. Er fand sich im Wehrbezirkskommando ein und musste sich, gemeinsam mit an die hundert anderen Jungen seines Alters, nackt ausziehen. Irgendwann stand er vor einem mit Papieren bedeckten Tisch, hinter dem ein alter Maresciallo saß, dessen Brillengläser Flaschenböden glichen.

»Wie heißt du?«

»Sparacino Michele.«

Der Maresciallo suchte zwischen den Blättern, die vor ihm lagen, nahm eines und las es, wobei er mit seiner Nase über das Papier fuhr.

»Schau da!«, sagte er unversehens.

Er fuhr von seinem Stuhl auf, ging zu einem Capitano und reichte ihm das Blatt. Der sah es sich an, und keine fünf Minuten später befahlen ihm zwei Soldaten, die ihr Gewehr auf ihn gerichtet hielten, er solle sich wieder anziehen.

»An der Front, in vorderster Linie, da vergehen dir schon die hitzigen Gedanken!«, sagte der Capitano ihm wütend ins Gesicht.

Und dann, an die Soldaten gewandt: »Führt ihn ab.«

Fünf Tage später fand sich Michele Sparacino auf unerklärliche Weise in einem Schützengraben am Karst wieder, der mit Toten und Schlamm angefüllt war, und die Östrischen schossen aus allen Richtungen auf ihn.

»Was, zum Teufel, hab ich denen hier nur getan?«, fragte er sich, immer noch von dem benommen, was da mit ihm geschah.

Und mit »denen hier« meinte er nicht nur die Östrischen.

Acht Monate wurde er an der Frontlinie gehalten, und während dieser ganzen Zeit blieben sein Vater und seine Mutter ohne jede Nachricht von ihm. Die anderen drei Söhne dagegen schickten

Heeres-Postkarten, auf denen sie mitteilten, dass es ihnen gutgehe. Die von der Front eintreffenden Postkarten ließen die Sparacinos sich von einem Nachbarn vorlesen, weil sie selber keine Schule besucht hatten, und im Übrigen ließen sich die Brüder Sparacino die Postkarten von Kameraden schreiben, weil auch sie keine Schule besucht hatten.

Nun war es aber so, dass Michele jede Woche eine Postkarte an seine Eltern schickte, aber sie kam nicht an, weil sie von der Militärzensur zurückgehalten wurde.

Als Biancacci, sein Kamerad, der lesen und schreiben konnte, ihn fragte, was er auf der Karte schreiben wolle, antwortete Michele, dass er da die Wahrheit sagen müsse, nämlich dass der Krieg eine große Drecksangelegenheit sei. Und so kam es, dass sich die Postkarten allesamt ähnelten: »Teuerste Eltern, hier gibts nur Schießereien alle bringen alle um wie Hunde ich bin immer erkältet und hoffe ich dass dieser Dreckskrieg bald zu Ende ist Euer Sohn Michele.«

Bei der zwölften Karte meldete der für die Zensur Zuständige den Soldaten Michele Sparacino als »gefährlichen Defätisten«, und die Meldung gelangte zu Capitano Filippoti, der die Kompagnie befehligte, zu der Sparacino gehörte.

Eines Tages, als er vor Kälte halb bewusstlos war und auch vor Hunger, weil es nicht möglich war, die Rationen wegen des feindlichen Beschusses zu verteilen, spürte Michele, dass die Spitze einer Peitsche seine Schulter berührte. Er blickte auf. Vor ihm stand Capitano Filippoti, der ihn böse ansah. Und an seiner Seite stand Tenente Pintacuda, ein ganz besonderer Hurensack, ein Freiwilliger, der von der gesamten Einheit gehasst wurde, weil er nicht einmal auf die Rücksicht nahm, die schon im Sterben lagen.

»Aaach … tòng!«, brüllte der Tenente so, dass Michele die Ohren dröhnten.

Er erhob sich und stand stramm.

»Bist du Sparacino Michele?«, fragte der Capitano.

»Jawohl, Capitano.«

»Bist du der, der sich vorgestern über die Ration beschwert hat?«

»Jawohl, Capitano. Da waren Würmer drin.«

»Das waren keine Würmer, Idiot! Das waren Spaghetti!«

»Ich hab noch nienich gesehn, dass Spaghetti rumkriechen.«

Jetzt schien es, dass der Capitano den Verstand zu verlieren drohte.

»Du bist ein mieses Defätistenschwein! Ein verkommenes subversives Element! Wir kennen dich nur zu gut! Pass ja auf, was du tust und was du sagst. Du bist ein notorischer Aufhetzer. Beim ersten Fehler stehst du vor dem Erschießungskommando! Kapiert, du Schurke? Tenente!«

»Jawohl, Capitano!«

»Begleiten Sie diesen Trottel unverzüglich zum Beobachtungsstand Beta!«

Michele, der bereits eine Todeskälte spürte, erstarrte, denn er wusste, was der Beobachtungsstand Beta war. Dahin geschickt zu werden, war gleichbedeutend mit einer Verurteilung zum Tod.

»Gehen wir!«, sagte Pintacuda.

Sie gingen ein paar hundert Meter weit durch die Schützengräben, dann deutete Tenente Pintacuda auf eine Holzleiter.

»Steig da hoch. Dann bist du auf einer erhöhten Plattform. Das ist der Beobachtungsstand. Da findest du einen Feldstecher und eine Trompete. Wenn du den Eindruck hast, dass der Feind einen Angriff vorbereitet, bläst du die Trompete. Ich hoffe, sie schießen dir direkt in die Stirn.«

Wieso nur hatten sie's alle auf ihn abgesehen?

Michele kletterte hinauf, und sobald er in Höhe der ebenen

Erde war, sah er fünf oder sechs übereinanderliegende Leichen. Er kletterte noch weiter hinauf und gelangte auf den Beobachtungsstand, der oben eine Art Schilderhäuschen hatte, das vorne und auf beiden Seiten mit Holzlatten zugenagelt war.

Drinnen lag ein Toter, das war der Kamerad, der vor ihm da hingeschickt worden war. Um hinein zu können, musste Michele die Leiche herausholen und auf die anderen werfen.

Es gab ein Eisengitter, durch das man mit dem Feldstecher den feindlichen Schützengraben sehen konnte. Doch fast im gleichen Augenblick begriff er, dass er den Feldstecher überhaupt nicht brauchte, seine Augen genügten ihm, denn die waren gut.

Selbstverständlich gab es im feindlichen Graben einen hervorragenden Scharfschützen, der den italienischen Soldaten mitten in die Stirn zu schießen in der Lage war. Michele hockte sich hin und fing an zu überlegen, denn er hatte die feste Absicht, aus dieser Sache heil herauszukommen. Und während er sich so seine Gedanken machte, hörte es auf zu regnen und die Sonne kam hervor, die voll auf den Beobachtungsstand schien. Und die Sonne war es, die ihn auf einen Gedanken brachte. Er nahm den Feldstecher, stellte ihn an das Eisengitter und hockte sich wieder hin. Nicht einmal eine Minute später fegte ein Gewehrschuss einen knappen Zentimeter über den Feldstecher hinweg und verlor sich in der offenen Leere hinter ihm.

Jetzt wusste er, dass der Scharfschütze sich an dem Glanz der Feldstecherlinsen orientierte, wenn die Sonne auf sie fiel!

Er hob einen Arm hoch, nahm den Feldstecher, legte ihn auf den Boden und schaute durch das Gitter. Keiner schoss auf ihn. Ohne den Lichtreflex des Feldstechers konnte der Scharfschütze nichts über seine Anwesenheit wissen.

Nach zwei Tagen rief ihm einer aus dem Schützengraben zu, dass die Ablösung gekommen sei. Keiner erwartete, dass er antworten würde, sie waren sicher, dass er bereits zur Leiche geworden wäre. Das war er allerdings beinahe, denn niemand hatte den Mumm gehabt, zu ihm hochzuklettern und ihm die Ration zu bringen. Dem Kameraden, der jetzt ankam, erklärte er, wie sich die Sache mit dem Feldstecher verhielt, und kletterte gerade so rechtzeitig in den Schützengraben hinunter, dass er sich den Blechnapf füllen konnte. Und dieses Mal fiel es ihm gar nicht auf, dass die Spaghetti wieder herumkrochen. Er aß alles auf.

Als der Capitano das erfuhr, wurde er ein weiteres Mal halb wahnsinnig vor Wut und ließ ihn rufen.

»Wieso bist du nicht tot?«

»Nu ja. Ich weiß nicht.«

»Dafür weiß ich es! Einvernehmen mit dem Feind! Tenente!«

»Jawohl, Capitano!«, sagte Pintacuda.

»Legen Sie ihn in Eisen!«

Er hatte noch nicht ausgeredet, da brach ein Mordslärm los. Die Östrischen begannen mit einem wilden Artilleriefeuer und griffen danach an. Doch schafften sie es nicht, den Schützengraben in ihre Gewalt zu bringen, und mussten sich zurückziehen.

Dann wurde der Gegenangriff befohlen.

Während sie gegen den Feind vorrückten, stolperte Michele Sparacino über einen Toten und stürzte bäuchlings zu Boden.

Aufgrund dieses Sturzes löste sich ein Schuss aus dem Gewehr. Die Kugel flog wohin sie fliegen wollte, bis sie schließlich in den Nacken des Capitano Filippoti drang und ihn tötete.

Kaum war er wieder zurück im Schützengraben, wurde Michele von dem Wahnsinnsgeschrei des Tenente Pintacuda vollgedröhnt, der ihn mit weit aufgerissenen Augen anstarrte und die Pistole auf ihn richtete: »Mörder! Ich habe mit diesen meinen Augen gesehen, wie du Capitano Filippoti umgebracht hast! Ich erschieße dich jetzt standrechtlich!«

Sergente Mariano Cubeddu stellte sich vor ihn: »Tenente, machen Sie keinen Unsinn!«

Schließlich gelang es ihm, Pintacuda zu überzeugen. Und Michele Sparacino wurde in die Festung nach Verona verbracht, damit ein Militärgericht das Urteil über ihn fällen sollte.

Die Zeitung von Verona veröffentlichte die Notiz, die von der Zeitung in Palermo übernommen wurde. Es waren nur fünf Zeilen im Reportageteil, doch die genügten, dass der Journalist Lavaccara von seinem Stuhl aufsprang, als sein Blick darauf fiel. Er wollte es nicht glauben und schrieb einen Artikel mit der Überschrift *Michele Sparacino bleibt sich treu!*

Diesen Artikel lasen auch die von der Zeitung in Verona, die von Lavaccara eine Geschichte über Leben, Tod und Wundertaten Sparacinos haben wollten. Und Lavaccara verfasste einen detaillierten Bericht, angefangen bei der ersten bekannt gewordenen Unternehmung, die auf das Jahr 1898 zurückging. Natürlich lasen diesen Artikel auch der Generale Carlo Alberto Torres, Präsident des Kriegsgerichts, und zusammen mit ihm der Colonnello Berti-Torrone, der die Anklage vertrat, wie auch der Maggiore Santonostase, der die Verteidigung des Angeklagten übernehmen sollte, aber bisher noch keine Zeit gehabt hatte, ihn zu besuchen und mit ihm zu sprechen. Und alle waren sofort überzeugt, dass das Erschießungskommando das Mindeste für den Soldaten Michele Sparacino sein müsse.

Dann ging Maggiore Santonostase endlich Michele in seiner Zelle besuchen, denn in zehn Tagen sollte der Prozess beginnen. Er hatte zwanzig Postkarten mitgebracht, die ihm die Militärzensur zur Verfügung gestellt hatte, und den Zeitungsartikel von Lavaccara.

Er ließ die Zellentüre öffnen, ging hinein, warf einen Blick auf den Gefangenen und ging wieder hinaus. Der Gefängnissoldat sah ihn fragend an. »Ihr habt Euch in der Zelle geirrt. Das ist nicht Sparacino.«

»Aber Signor Maggiore ...«

»Ihr habt Euch geirrt, sage ich!«

Der Gefängnissoldat ging zu seinem Vorgesetzten. Der bestätigte, dass der Junge in der Zelle Michele Sparacino war. Da wollte der Maggiore ihn nicht mehr sehen und ging gleich zu Colonnello Berti-Torrone.

»Also, dieser Michele Sparacino kann nicht derselbe sein wie der, über den der sizilianische Journalist schreibt.«

»Wieso nicht?«

»Weil der, der einsitzt, zwanzig ist oder etwas darüber, wohingegen der subversive Sparacino mindestens vierzig Jahre alt sein muss. Meines Erachtens handelt es sich um eine Namensgleichheit.«

»Bleibt aber die Tatsache, dass er auf seinen Capitano geschossen hat.«

»Ich will dich darauf hinweisen, dass Sergente Mariano Cubeddu zum Rapport gekommen ist und im Namen der Einheit eine andere Version der Vorgänge erzählt hat.«

»Und das heißt?«

»Dass es sich um einen Unfall gehandelt hat.«

»Was zum Teufel interessiert es denn mich, was irgend so ein Sergente behauptet?«

»Nun ja, siehst du, Sergente Mariano Cubeddu ist einer der wenigen, der zu Lebzeiten die Goldmedaille verliehen bekommen hat.«

Colonnello Berti-Torrone ging zu Generale Carlo Alberto Torres, um die Angelegenheit mit ihm zu besprechen.

»Das kümmert mich einen Scheißdreck, und ich lasse ihn trotzdem erschießen!«, antwortete der Generale.

»Generale, verzeihen Sie mir, wenn ich es noch einmal wage. Es ist nicht an mir, daran zu erinnern, wie viele kleine Herde der

Rebellion jeden Tag in unserer Truppe entfacht werden. Sergente Cubeddu ist einer, auf den man hört und dem man folgt. Ich bin der Meinung, es wäre ein Fehler, wenn …«

»Schon gut«, unterbrach der Generale, der ungefähr zehn weitere sichere Erschießungen vorliegen hatte und deshalb auf eine verzichten konnte. »Lassen Sie wissen, dass der Soldat Sparacino freigesprochen wurde, und schicken Sie ihn in die vorderste Frontlinie. Ich hoffe, dass er da krepiert, sobald er ankommt.«

Drei Tage später fand Michele sich an einem Ort wieder, der Caporetto hieß.

Und als er dort ankam, waren alle seine Kameraden bereits überzeugt, dass er den Capitano umgebracht habe und so schlau vorgegangen sei, dass alle der Meinung sein mussten, es habe sich um ein Unglück gehandelt.

IV

In derselben Nacht schickte Tenente Pintacuda ihn mit dem Caporale Galati und dem Soldaten Vallarino zu den Östrischen, damit sie die Abzäunungen des feindlichen Schützengrabens durchschnitten, doch die Feinde hörten sie herumhantieren, kaum dass sie angefangen hatten, und eine Maschinengewehrsalve mähte Galati und Vallarino nieder.

Michele kehrte zurück und hatte noch den Pfosten in der Hand.

»Alleine schaffe ich das nicht.«

Da befahl Tenente Pintacuda den Soldaten Stefanucci und Nadigò, dass sie mit Sparacino zusammen gehen sollten.

Eine weitere Salve, und es wiederholte sich die gleiche Geschichte.

Sparacino kam zurück und sagte, er brauche noch mal zwei Mann. Tenente Pintacuda erteilte den Soldaten Marrone und Vitaliano Befehl.

Doch die regten sich nicht. Mehr noch, Marrone, der stocksteif strammstand, sagte: »Gehen Sie doch selber, Signor Tenente!«

Pintacuda zog die Pistole und fing an zu brüllen: »Das ist Meuterei! Ich werde euch vernichten!«

Da sagte Sparacino, der die Dinge aus dem Weg räumen wollte, zu Tenente Pintacuda: »Lassen Sie's gut sein, ich geh alleine zurück.«

Tenente Pintacuda trat Schaum vor den Mund.

»Du bist sicher, dass sie dich nicht umbringen, wie? Du Schuft! Das ist der eindeutige Beweis, dass du mit dem Feind unter einer Decke steckst! Wie gibst du dich zu erkennen, wie? Du Verräter!«

Und er wollte ihn gerade erschießen, als Sergente Cubeddu ihm einen Schlag auf den Unterarm verpasste, worauf seine Pistole zu Boden fiel.

Nach nicht einmal drei Tagen, die er sich im Schützengraben befand, ohne eine Minute Pause, ohne auch nur einmal fünf Minuten die Augen schließen zu können, weil der Kanonendonner es unmöglich machte, Tage, in denen er an einem zu essen bekam und an den anderen nicht, kam aus heiterem Himmel der Befehl zum Rückzug. Der erste Teil des Unternehmens fand noch ziemlich geordnet statt, und so kam es, dass die Kompagnie, zu welcher Michele gehörte, fast vollständig in einem kleinen Dorf der Etappe anlangte.

Tenente Pintacuda, der sich in seiner Soldatenehre gekränkt fühlte, weil die Soldaten sich nicht umbringen lassen wollten, sondern vielmehr alle vor dem Feinde flohen, meldete sich unverzüglich zum Rapport.

Er berichtete dem kommandierenden General, dass die Kompagnie »vor der numerischen Überlegenheit des Feindes und der Macht seines Geschützfeuers nachgegeben habe, doch vor allem, weil der Kampfgeist, die Vaterlandsliebe und das Pflichtgefühl durch die Handlungen und die defätistischen Äußerungen des Sergente Mariano Cubeddu heimtückisch unterlaufen und ausgehöhlt worden seien, welcher seiner ruhmreichen Vergangenheit als Kämpfer abgeschworen habe, aus welchem Grunde ihm die höchste Anerkennung, nämlich die Goldmedaille, zuteilgeworden sei, und vor allem durch den Soldaten Michele Sparacino, einem authentischen und erwiesenen Umstürzler, Aufhetzer und Defätisten«.

Am Ende bat er um die Bewilligung, Sparacino in Eisen zu legen und anschließend zu erschießen, zumal der Sergente Cubeddu während des Rückzugs verstorben war.

Selbstverständlich willigte der kommandierende General ein.

Und Tenente Pintacuda, glücklich, dass er endlich an dem Soldaten Sparacino seine Rache nehmen konnte, der ihn so oft so dumm hatte dastehen lassen, schickte einen Gefreiten und zwei Soldaten, um ihn verhaften zu lassen.

Doch so sehr sie auch nach ihm suchten, sie fanden ihn nicht.

Sie fragten Micheles Kameraden, wo sie ihn zuletzt gesehen hätten, und erhielten die unterschiedlichsten Antworten: Die einen sagten dies und die anderen das.

Sobald sie Tenente Pintacuda das Verschwinden Sparacinos meldeten, hatte der nicht den geringsten Zweifel.

Michele Sparacino hatte das Durcheinander des Rückzugs genutzt und Fahnenflucht begangen. Also ein weiteres Mal »Hast du erst einen Ruf, dann leg dich ruhig schlafen«.

Und der kommandierende General fügte Micheles Namen einer Liste von Fahnenflüchtigen hinzu, die, wenn sie aufgespürt wurden, auf der Stelle erschossen werden mussten, ohne jeden Prozess. Die Namen der Fahnenflüchtigen wurden auch in die jeweiligen Heimatorte geschickt, damit die Jungen, wenn sie dort in ihren Häusern auftauchten, verhaftet »und den Heereseinheiten überantwortet« werden konnten.

Überflüssig zu sagen, dass der Journalist Lavaccara, als er den Namen von Michele Sparacino in der nach Sizilien geschickten Liste sah, einen empörten Artikel mit der Überschrift schrieb *Was anderes als ein Fahnenflüchtiger!*

Doch wo war der Soldat Sparacino abgeblieben?

In der dunklen Nacht, in welcher der Rückzug begonnen hatte, wurde Michele, der gleich zu Beginn durch den Schützengraben gerobbt war, um dann aufzustehen und sich auf den Weg zu machen, von einem Schrapnellsplitter am Hals getroffen.

Er hatte noch Glück, denn es handelte sich um eine Streifwunde, die allerdings dafür sorgte, dass er viel Blut und viel Zeit verlor, bevor er in der Lage war, sie mit einem Stück Stoff seines Hemdes zu verbinden. Doch bemerkte er nicht, dass der Schlag das Kettchen mit der Erkennungsmarke an seinem Hals durchtrennt hatte.

Außerhalb des Schützengrabens fand er keinen seiner Kameraden mehr und begann, in die entgegengesetzte Richtung zu laufen, wo die Bombardements des Feindes weniger heftig waren.

Doch mit jedem Schritt fühlte er sich müder und orientierungsloser.

Seit Tagen hatte er nicht mehr gegessen, und das Blut, das er verlor, tat ein Übriges.

Nach einer Stunde konnte er nicht mehr weitergehen, legte sich hinter ein Büschel Wildgras nieder und schlief fast augenblicklich ein.

Irgendwann wachte er auf, wusste aber nicht, wie viele Stunden später, denn es kam ihm vor, als würde es regnen. Und er hörte, dass um ihn herum Deutsch gesprochen wurde. Da begriff er, dass es nicht regnete, sondern ein feindlicher Soldat auf ihn pinkelte, der glaubte, er sei tot.

Michele rührte sich nicht, damit sie ihn weiterhin für tot hielten. Welchen Unterschied machte es schon?

Nach einer Weile gingen die Östrischen weg.

Da machte er sich wieder auf, bis er sah, dass ein Fluss seinen Weg abschnitt.

Schwimmen konnte er nicht, daher wagte er sich nicht ins Wasser. Und er hätte es auch dann nicht geschafft, wenn er hätte schwimmen können, denn der Fluss war durch den Regen angestiegen und die Strömung war stark.

Wieder legte er sich auf die Erde, denn er war todmüde, und wartete.

Beim ersten Tageslicht sah er, dass ungefähr fünfzig Meter

weiter eine Art Brücke stand, die war aus Holz und halb eingestürzt.

Eine eigentümliche Stille herrschte dort, niemand feuerte auch nur einen Schuss.

Er stand auf, ging auf die Brücke zu, kletterte an ihr hoch, und als er den zweiten Schritt machte, traf ihn die Kugel eines italienischen Wachpostens, der ihn für einen feindlichen Soldaten hielt, mitten in die Stirn und ließ ihn tot in den Fluss stürzen.

Und hier findet die Geschichte von den zwei Leben des Michele Sparacino ihr Ende.

Und andererseits konnte sein Leben, wenn man es recht bedenkt, nur so enden: wieder und zum letzten Mal für jemand gehalten, der er nicht war.

Ich weiß sehr wohl, dass der Titel von den drei Leben des Michele Sparacino spricht. Doch an diesem Punkt bin ich versucht, den Titel zu ändern und nicht eine Zeile mehr zu schreiben.

Mir ist nämlich ein Zweifel gekommen: Kann man von Leben sprechen, wenn man erzählt, was einem Menschen nach seinem Tod widerfährt?

Nein, ich spreche nicht von einem Weiterleben im Jenseits oder von der Unsterblichkeit der Seele. Ich meine ganz einfach das, was einem Menschen weiterhin auf dieser Erde widerfahren kann, auch nachdem er gestorben ist. Oder genauer: nicht einem Menschen, sondern dem Körper eines Menschen. Und ich sage es noch einmal: auf dieser Erde.

Und daher ist die Frage: Ist alles, was dieser Leiche widerfährt, noch Teil seines gewesenen Lebens oder nicht?

Vielleicht ist der einzige Weg folgender: Ich erzähle die Geschichte trotzdem, doch mein Leser hat alle Freiheit, sie nicht zu glauben. Einverstanden?

Der Körper von Michele Sparacino stürzte in den Fluss und wurde wegen des Gewichts des Rucksacks gleich auf den Grund gezogen.

Die Strömung ließ ihn herumtrudeln wie einen Kreisel und ihn manchmal gegen einen Felsblock schlagen, von dem er zurückprallte, um dann weiterzutrudeln.

Wenn er aber gegen eine andere Leiche schlug, prallten sie zu zweit auseinander, der eine auf dieser, der andere auf der anderen Seite. Und in diesem unaufhörlichen Trudeln verlor Michele nach und nach irgendetwas, den Helm, den Rucksack, die Beinlappen …

NIRO COLAMORTE
X
FRA PITOCCO
GNAZIO CATANARO

Als er viele Tage später zur Mündung kam, blieb er vor einem Zaun hängen, der eigens errichtet worden war, um zu verhindern, dass Hunderte von Leichen aufs offene Meer hinaustrieben.

Dann wurde er von einer Spezialeinheit geborgen, welche die Toten in zwei Kategorien aufteilte: Die, die anhand ihrer Erkennungsmarke oder irgendeines anderen Dokuments identifizierbar waren, wurden alle auf eine Seite gelegt, und die, denen man keinen Namen geben konnte, auf die andere. Michele Sparacino kam zu diesen Letzteren.

Einige Jahre darauf wurden alle Leichen der unbekannt gebliebenen Soldaten auf einem einzigen Friedhof beigesetzt. Der bestand aus Kreuzen ohne Namen.

Auf diesem Friedhof mit den Kreuzen ohne Namen und ohne Blumen von Eltern oder Verlobten oder Ehefrauen und verlassen von Besuchern zu Allerseelen und samstags allein durch die Pflege des Wärters, der einen Sohn im Krieg verloren hatte, aus seiner Verlassenheit gerissen, wurde es noch ein paar Jahre später plötzlich hektisch.

Zehn langen schwarzen Autos entstiegen Generäle in Galauniformen, Männer in Stresemann, ein Kardinal, juwelenbehängte Damen mit langen schwarzen Schleiern über ihrem Haar.

Sie bewegten sich schweigend zwischen den Gräberreihen, und dann deutete eine verschleierte Dame, die an der Spitze aller anderen Personen ging, auf ein Kreuz und sagte: »Der hier.«

Der Sarg aus unbehandeltem Holz, in welchem Michele Sparacinos Körper lag, wurde mit einem Sarg ausgetauscht, den man gesehen haben musste: ganz aus massivem, reich geschnitztem Ebenholz, mit einem großen goldenen Kreuz obenauf, während alle in stocksteifer Haltung strammstanden und eine Kapelle unablässig Militärmärsche spielte.

Nach dem Segen des Kardinals wurde der neue Sarg auf einen fähnchengeschmückten Militärlastwagen gehievt und im Schritttempo von Ort zu Ort gebracht.

Und weil die Große Weltgeschichte Menschen und Dinge heftiger verwirbelt als die Gewässer eines Flusses die Leichen, wurde der ehemalige Tenente Pintacuda, nunmehr Capitano wegen seiner Verdienste im Krieg, beauftragt, die Ehrengarde zu befehligen.

Und in jedem Ort, in den sie kamen, warteten die Kapelle und die Honoratioren auf sie, ebenso Teile des Heeres, die präsentierten, und läutende Kirchenglocken und ein paar alte Frauen, die weinend auf der Straße niederknieten und ihm zuriefen: »Mein Sohn, mein Sohn …«

Weil sie den Namen dieses armen unbekannten Soldaten nicht kannten.

Welcher der von Michele Sparacino war.

Als der Zug endlich nach Rom kam und gar der König ihn erwartete und die große Piazza ein Meer des Schweigens und der Köpfe darstellte und der Sarg in eine Art Grab aus Marmor am Ende einer hohen Treppe eingelassen wurde, die zu einem marmornen Palazzo führte, fiel dem Journalisten Lavaccara, der für diese Zeremonie eigens in die Hauptstadt geschickt worden war, ein, wie er den Artikel beginnen konnte, den er an die Zeitung schicken wollte: »Heute hätten wir gerne die Verräter, die Feiglinge, die Abtrünnigen, die Fahnenflüchtigen wie Michele Sparacino hier bei uns gehabt und sie gezwungen, im Angesichte der heiligen Leichenhalle niederzuknien …«

Ein verzögertes Schicksal.

RE

Ein Gespräch mit Andrea Camilleri

von Francesco Piccolo

Zunächst möchte ich nicht über die Geschichte von Michele Sparacino sprechen, sondern über die Figur, die irgendein x-beliebiger Mensch ist, ein Jedermann, ein großer Unbekannter.

Und dazu ausersehen, der höchste Unbekannte zu werden, der absolute Unbekannte.

Ja, sprechen wir über das Schicksal dieses Mannes, der ein über jedes Maß hinaus großer Held wird, allerdings unfreiwillig und vor allem unbekannt.

Dazu muss ich sagen, dass man durch weit entfernt, weit abseits liegende Anregungen dazu kommt, Geschichten zu schreiben. Die erste Anregung zur Gestaltung dieser Figur habe ich durch den Schlusssatz in Pirandellos Roman *Die Alten und die Jungen* erhalten, den ich aus ganz persönlichen Gründen wieder in die Hand genommen hatte, denn eine Zeitschrift hatte mich gebeten, die Frage zu beantworten »Was ist ein Italiener?«. Die Antwort darauf war nicht einfach, daher habe ich diesen Roman von Pirandello wieder gelesen. Am Schluss legt der alte ehemalige Garibaldi-Kämpfer, der das, was geschieht, missversteht, seine Medaillen an, geht hinaus und das Heer erschießt ihn, dann drehen sie ihn um und sehen, dass er mit Medaillen aus der Zeit des Risorgimento über und über dekoriert ist, und sie fragen sich: »Wen hatten sie da getötet?« – das ist der letzte Satz des Buches. Daraus, und ich kann nicht sagen, welche fernen Dinge da am Werk sind, habe ich die Idee bekommen, über jemanden zu schreiben, der zwar existiert hat, jedoch so, als hätte er nicht existiert, oder er ist in seinem Leben immer für jemand anderen gehalten worden, und als er stirbt, kann er in seinem dritten Leben endlich der sein, der er ist, nämlich ein Unbekannter.

Er lebt ja nicht nur ein anderes Leben, sondern es ist ein Leben, das ihm vorausgeht. Der stärkste Eindruck der Geschichte liegt in dem Umstand, dass Michele Sparacino das Leben eines Erwachsenen lebt, als er noch ein Säugling ist, und das Leben eines inzwischen zur Legende gewordenen Mannes lebt, als er gerade anfängt, die ersten Schritte im Leben der Erwachsenen zu machen. Dann überschlagen sich die Ereignisse, und er wird zum Helden, als er bereits tot ist.

Es gibt nur eine Stelle, in der die zeitliche Verschiebung zwischen Michele und der Figur, die ihm angehängt wurde, sich nicht deckt: das ist der Augenblick, in dem der Offizier seine Zelle betritt, ihn sieht und sagt: Hier stimmen doch die Zeiten nicht überein, hier haben wir es mit verschiedenen Altersklassen zu tun. Und an dieser Stelle, so empfinde ich es, ist es mir nicht gelungen, ein geschicktes Umgehungsmanöver zu erfinden, um nicht zu dieser Szene zu gelangen und es so anzustellen, dass bis zum Ende keine einzige Figur die zeitliche Verschiebung dieser Verwechslung begreift. Leider war ich nicht so geschickt, eine entsprechende Lösung dafür zu finden.

Doch der arme Leser verdiente eine explizite Verdeutlichung ...

Vielleicht schon. Man sagt ja, gelegentlich bringt sich eine Geschichte selbst in Ordnung, und wahrscheinlich ist das auch so. Vielleicht ist das ja passiert.

Ja, genau das ist sehr interessant. In einer Geschichte dieser Art ist der Leser auf der Suche nach der Wahrheit, ständig denkt er: »Mein Gott, wann begreifen die denn endlich ...« Also: Wie frustriert soll der Leser in diesen Geschichten sein? Wieviel Notwendigkeit besteht, ihm gegenüber eine Art Sadismus an den Tag zu legen?

Nun bin ich ja kein Sadist. Denn immerhin verwende ich in meinen Büchern sogar zwei Sprachebenen: eine einfachere und eine – das ist die, die mir die größere Freude macht –, die der Sprache von *König Zosimo* oder auch anderer Romane entspricht.

Wenn ich meine Montalbano-Romane schreibe, mache ich das ähnlich wie Eduardo De Filippo – ich bin ja der Produzent der ersten Theaterstücke Eduardos im Fernsehen gewesen. Eduardo bearbeitete die Dialoge, und ich sagte zu ihm: »Edua', aber wieso denn, die sind doch so schön ...« Da sagte er: »Camilleri, hier sind wir im Fernsehen, wir haben ein Millionenpublikum vor uns. Dem müssen wir doch begreiflich machen, was da vor sich geht!« Das ändert nichts daran, dass der von Einaudi veröffentlichte und im Theater gespielte Text der eigentlich offizielle war. Das zeigt doch, dass ich kein Sadist bin. Na ja, hin und wieder ... Man darf dem Leser nicht gleich jedes Mal ein Bonbon geben, wenn er knatschig wird.

Vor allem ist dies eine Erzählung, die aus einer ganzen Reihe von Erzählungen stammt, die Sie »zu Ihrem persönlichen Vergnügen« schreiben.

Richtig, diese Erzählungen sind nicht für den Büchermarkt bestimmt, sie wollen auch gar nicht dahin. Schauen Sie, ich bin ein extrem ordentlicher Mensch, in meinem Kopf, auch wenn es nicht so aussieht.

Ich weiß nicht, ob es dir aufgefallen ist, aber alle Montalbano-Romane bestehen aus 180 auf meinem Computer gezählten Seiten, untergliedert in 18 Kapitel von jeweils 10 Seiten. Wenn der Roman mit einer Seite mehr oder einer weniger herauskommt, schreibe ich ihn neu, denn es weist darauf hin, dass etwas nicht funktioniert.

Aber wieso funktioniert Montalbano so, auf 180 Seiten?

Weil er meiner Meinung nach so funktioniert, auf genau 180 Seiten. Bevor ich also schreibe, muss ich mir über alles klarwerden, so wie es die Vermessungstechniker machen, was heißt: Was für einen Atem braucht der Roman, den ich im Kopf habe? Die leeren Räume, die vollen Räume, wo das Fenster ist, wo der Garten. Ich muss mir dieses Schema zusammenstellen, und so lange das nicht der Fall ist, bin ich nicht in der Lage zu schreiben. Auch wenn ich den Roman in einer anderen Abfolge vollständig im Kopf habe. Wenn ich am Ende diese Klarheit vor mir sehe, kann ich mit dem Schreiben beginnen.

Auch Georges Simenon war ein solcher Vermessungstechniker. Auch er war ein Besessener der Vorarbeiten.

Was bedeutet, dass ich mit meinen Marotten nicht alleine dastehe, das ist tröstlich. So wie mich seinerzeit eine Geschichte getröstet hat, in der Leonardo Sciascia eine Rolle spielte. Er rief mich an und fragte mich: »Andre', hast du eine Geschichte für mich?« Mit Guglielmino hatte er eine Anthologie sizilianischer Schriftsteller zusammengestellt, und man hatte eine weitere Ausgabe ins Auge gefasst – ich hatte bereits zwei Romane veröffentlicht, *Hahn im Korb* und *Das launische Eiland*. Er sagte, dass er allerdings eine Erzählung haben wollte, keinen Auszug aus einem Roman. Zu dieser Zeit hatte ich drei Erzählungen geschrieben, Montalbano war noch in weiter Ferne, es waren also keine Krimigeschichten. Ich sagte ihm: »Ich hinterlege sie dir im Hotel, alle drei, und du wählst dir die aus, die du willst.« Dann rief er mich an und sagte: »Mir gefällt *Capitan Caci*, gib sie an keinen weiter, ich will sie in der Anthologie veröffentlichen.«

Ungefähr zwei Wochen später rief mich ein sehr guter Freund an und fragte mich: »Hast du schon den letzten Jorge Amado gelesen, *Die Abenteuer des Kapitäns Don Vasco Moscoso*«. Nein, den hatte ich nicht gelesen. »Ich leihe ihn dir«, sagte er. »Aber woher«, erwiderte ich, »Amado geh ich mir gleich kaufen.« Ich gehe ihn mir also kaufen. Es sind zwei Erzählungen. Ich beginne mit der ersten und fühle mich wirklich elend. Denn zwei Episoden, und von großer Komplexität, befanden sich in dieser Erzählung. Mir wurde ganz elend. Ich beschreibe dir nur eine Episode: Capitan Caci, auch genannt Cap Horn, erleidet Schiffbruch und befindet sich auf einem Floß mit einem Hünen von Schwarzen. Sie haben ganz wenige Nahrungsmittel und können nur das Überleben des einen von ihnen beiden sichern, und so zählen sie nach dem Muster von Schere, Stein, Papier aus, wer überlebt. Capitan Caci gewinnt, und der Schwarze muss sich ins Meer stürzen.

Es ist schwierig bis unwahrscheinlich, dass man zweimal die gleiche Geschichte findet. Meine Frau sagt: »Das wird eine Seemannsgeschichte sein, und es ist durchaus möglich, dass ihr sie beide in eurer Kindheit gehört habt. Sie ist Teil einer Tradition, die bei euch im Lauf der Zeit in Vergessenheit geraten ist.« Jedenfalls rufe ich sofort Leonardo Sciascia an und sage: »Gib mir die Erzählung wieder zurück, veröffentliche sie nicht, wer soll denn die Leute anschließend überzeugen, dass ich nicht bei Jorge Amado abgekupfert habe?«

Doch andererseits hatte es auch etwas Tröstliches, nämlich die Bestätigung dafür, erzählen zu können.

Das ganz ohne Frage. Und stell dir vor, das ist mir bei Jorge Amado ganze drei Male passiert – doch bei einem dieser Male war es mir gleichgültig. Ich habe mir gesagt: »Ich veröffentliche trotzdem, wen kümmert's schon und gute Nacht!«

Und dann, stell dir vor: Jahre später wird eine italienische Anthologie phantastischer Erzählungen des neunzehnten und zwanzigsten Jahrhunderts veröffentlicht. Diese Anthologie wurde von Italo Calvino in »la Repubblica« besprochen – es ist eine seiner letzten Arbeiten. Unter anderem schreibt Calvino über eine Erzählung von Benjamino Joppolo mit dem Titel »Der Onkel«, die es ihm besonders angetan hatte. Sie erzählt von einem jungen Paar, und der junge Mann sagt dem Mädchen immer: »Gestern Abend war mein Onkel genial«, und erzählt von Bemerkungen, Anekdoten, von wunderbaren Dingen ... Natürlich wird die junge Frau neugierig und sagt: »Mach mich doch mal mit deinem Onkel bekannt!« Doch diese Bitte hat immer ein Schweigen des jungen Mannes zur Folge. Dann muss er einmal wegen einer Arbeit verreisen, und die junge Frau beschafft sich, wer weiß wie, die Adresse des Onkels. Sie fährt zu ihm. Sie klopft an die Türe, und eine Stimme antwortet: ›Herein!‹ Sie tritt ein und befindet sich in einem tropischen Regenwald. Von einem Baum hängt ein Menschenaffe herunter, der zu ihr sagt: ›Du musst die Verlobte meines Neffen sein.‹«

»Was ist nun das Problem?«, fragt Calvino. »Das Problem ist, dass ich in meiner Schublade eine identische Erzählung habe. Die einzige Variante besteht darin, dass der Onkel kein Menschenaffe ist, sondern ein Delphin. Die junge Frau betritt die Wohnung des Onkels und findet sich vor einem großen Schwimmbecken wieder, der Delphin sagt zu ihr: ›Du musst die Verlobte meines Neffen sein.‹«

Wie kann man sich das erklären? Weder hat Calvino sie von Joppolo abgeschrieben noch umgekehrt. Vielleicht, so sagt Calvino, sind Erzählungen archetypische Ideen – wie eine Handbibliothek. Jemand geht hin und nimmt eine Geschichte. Dann kann es sein, dass jemand anderer dort hingeht und die gleiche Geschichte für sich nimmt.

Mit allen Varianten ...

Sicher, mit den Varianten, aber die Erzählungen sind die, die sie sind.

Nun sind wir aber ausgegangen von dem Verhältnis zwischen den 180 Seiten Montalbano und diesen Erzählungen, die zum eigenen Vergnügen geschrieben werden.

Ja, ich habe Montalbano zitiert, weil das hier eine Serie von Erzählungen von 4 Kapiteln zu jeweils 6 Seiten ist, insgesamt 24 Seiten. Alle gleich.

Ist das hier die erste, die sie veröffentlicht haben?

Ja. Ich habe noch weitere vierzehn geschrieben.

Wie kommt es, dass diese Erzählungen nicht für den Büchermarkt bestimmt sind?

Eine Veröffentlichung setzt immer einen Hinweis voraus: Gib acht auf das, was du tust! Neulich abends habe ich im Fernsehen ein Interview mit Carla Bruni gesehen, und sie sagte: »Eine Sache war es, wenn ich mit meinen Freunden gesprochen habe, etwas anderes ist es jetzt, wo ich die Gattin des französischen Staatspräsidenten bin.«

Ja, daran erinnere ich mich. Sie sprach darüber, wie die gleichen Worte einschlagen, als sie Model oder Sängerin war und jetzt. Das hat auch mich beeindruckt, denn sie sagte damit etwas sehr Zutreffendes.

Wenn du weißt, dass eine Erzählung für den Rizzoli Verlag geschrieben wird, beginnst du, wie soll ich sagen, an die Veröffentlichung zu denken. Vorhin haben wir uns die Frage gestellt: Bis zu welchem Punkt muss man den Leser in der Luft zappeln lassen?

Genau das ist bereits ein Problem, das von der Veröffentlichung vorgegeben wird, das mit der Veröffentlichung entsteht. Aber dieses Problem möchte ich nicht haben, ich will die absolute Freiheit der Erfindung auch von extrem unwahrscheinlichen Geschichten haben, ohne dass die Folgen entscheidend wären. Sparacino ist eine auf diese Weise entstandene Erzählung, und ich muss sagen, eine der gelungensten.

Mir gefällt es, dass wir ins Laboratorium des Schreibens eingetreten sind. Das macht mich ungeheuer neugierig: Sie schreiben Montalbano in 18 Kapiteln zu jeweils zehn Seiten, und das sind Bücher, die für die Veröffentlichung bestimmt sind. Dann sind aber auch die Erzählungen zum Vergnügen, die Sie nicht veröffentlichen wollen, in 4 Kapiteln zu jeweils

6 Seiten konzipiert. Das ist fast so, als wären diese Erzählungen Ihr Spielzimmer, und doch …

Meine Mutter sagte mir oft, dass mein Spielzimmer als Kind immer unglaublich aufgeräumt war.

Aber was ist der Auslöser, die Ordnung selbst?

Ich vermute einmal, dass die Ordnung die Erzählung auslöst. Ich sage, dass meine Poetik ein großes Tableau wie bei den Cantastorie ist – nachher zeige ich's dir, ich hab's im anderen Zimmer drüben. Auf diesem Tableau sind 40 Bilder, und damit musst du die Geschichte in 40 Bildern erzählen, du kannst weder mehr erzählen noch vorher aufhören. Und das ist eine Art unbewusste Reaktion, beispielsweise auf bestimmte theatralische Ereignisse, als ich jahrelang Stanislavskij gemacht habe und man sich ständig fragte: Was ist vorher und was nachher? Aber, da ist nichts. Alles muss im Roman enthalten sein, du kannst nicht sagen, da ist vorher noch was. Wenn es so ist, gehört das in den Roman, anderenfalls existiert es nicht. Dagegen gibt es im Theater ein Vorher, und das spielt sich hinter den Kulissen ab. In einem Roman ist das, was vorher ist, die Vorderseite des Einbands, und das, was nachher folgt, die Rückseite des Einbands. Genug. Also, da drinnen muss das Produkt meinen besonderen mentalen Geometrien entsprechen, und so lange es nicht diesen besonderen Geometrien entspricht, gebe ich das Manuskript nicht aus der Hand. Auch wenn ich mit großem Schmerz zwanzig Seiten herausnehmen muss, ich nehme sie heraus. Denn es bedeutet, dass ich nicht genau genug nachgedacht habe. Ich denke nämlich lange über eine Erzählung oder einen Roman nach. Das Schreiben, von dem man behauptet, es sei so schnell, ist nichts weiter als das Einlassen der Pasta ins sprudelnde Wasser, weil das Wasser bereits den richtigen Siedepunkt erreicht hat.

Es stimmt zwar, dass Michele Sparacino Teil dieser unwahrscheinlichen Geschichten ist, aber die Erzählungen, auch die fantastischen, existieren und werden geschrieben, weil sie eine Beziehung zu der sie umgebenden Welt haben. Die Erzählung über Michele Sparacino spricht auch über das Italien von heute.

Ohne jeden Zweifel.

Das Motiv, das am deutlichsten hervortritt, ist in diesem Zusammenhang das des Journalismus, das heißt eine äußerst brachiale Einstellung zur Information, die eine entscheidende Rolle für das Schicksal dieses Mannes spielt, eben weil sie so brachial ist. Und vor allem verlogen.

Das Problem ist, dass ich ihn hier verlogen darstellen wollte, aber die Geschichte hätte auch in einer anderen Weise erzählt werden können, ohne dass der Journalismus ganz unverblümt verlogen daherkäme. Wann wird er verlogen in der Geschichte? In dem gefälschten Interview.

Stimmt. Vorher ist er wahrscheinlich nicht so. Vorher geht es darum, dass eine Information falsch verstanden wurde.

Eine Geschichte hat mich dauerhaft tief betroffen. Sie ist vor etwa dreißig Jahren passiert. Es ging um einen Vater, der verhaftet und als Monster auf die Titelseiten geknallt wurde, weil er seine dreijährige Tochter vergewaltigt haben sollte. Dann entdeckt man nach nicht einmal einer Woche, dass das Mädchen schwer krank ist und bald sterben würde. Es hatte also nie eine Vergewaltigung gegeben, sondern lediglich eine schreckliche Krankheit. Ich habe an diesen Mann gedacht, an eine derart infame Beschuldigung, und vor allem an den Schmerz, den er erlitten hat, als man ihn beschuldigte, denn er wusste doch, was die Wahrheit war. Er war also nicht nur unschuldig, sondern sich auch des nahen Todes seiner kleinen Tochter voll bewusst. Seitdem habe ich mich immer wieder gefragt: »Wie viel Schaden kann man eigentlich anrichten?« Aus genau diesem Grund antworte ich immer, wenn man mich bittet, unter der Überschrift »Und wie denkt Montalbano darüber?« etwas über Ereignisse aus dem ›Milieu‹ zu schreiben – und glaub mir, man bittet mich jedes Mal, wenn ein Verbrechen begangen wurde –: »Montalbano denkt überhaupt nichts, denn er hat keinen Ermittlungsbericht vorliegen, er hat keine Prozessakten, er hat gar nichts«, und vielleicht würde er nicht einmal dann urteilen, wenn er alle diese Dokumente gelesen hätte.

Einmal, es ist dreißig oder vierzig Jahre her, wurde ich vom Gericht in Rom einbestellt. Dringlich. Ich stehe vor einem Mann, der mir sagt: »Ihr Name ist als Schöffe am Schwurgericht ausgelost worden.« Ich sage: »Erklären Sie mir das genauer. Ich soll über die urteilen, die einen Mord begangen haben?« – »Ja.« Und ich: »Aber das will ich nicht.« Und er: »Das ist ausgeschlossen. Sie können sich dem nicht entziehen.« – »Nein, hören Sie«, sage ich, »ich bin Regisseur, sehr oft bin ich gar nicht in Rom, ich kann nicht ...« Und er wieder: »Tut mir leid, fahren Sie da hin, wo Sie hinfahren müssen, aber wenn Sie zum Gericht kommen müssen, dann kehren Sie nach Rom zurück.« Fast wäre ich in Tränen ausgebrochen: »Helfen Sie mir, um Himmels willen, ich bin doch gar nicht in der Lage, ein Urteil über einen anderen Menschen zu fällen, glauben Sie mir ...« Er dachte einen Augenblick nach und sagte dann: »Haben Sie gesagt, Sie sind Regisseur? Sie sind kein Staatsbeamter? Also, wenn Sie einen Freund haben, der Arzt ist und Ihnen ein Attest ausstellen kann, in dem steht, dass Sie nicht ganz richtig im Kopf sind, ja, dann ...« Und dieses Attest habe ich mir ausstellen lassen. Daher wird im Gericht in Rom wohl immer noch angenommen, dass ich nicht ganz richtig im Kopf bin. Aber bei Künstlern weiß man ja, dass sie alle ein bisschen durchgeknallt sind, und daher war es natürlich klar, dass ich es auch bin. Doch auf diese Weise habe ich mich einer Sache entzogen, die für mich eine Tragödie gewesen wäre. Es ist also gar nicht daran zu denken, dass ich jetzt einen wenig informierten Artikel über irgendeinen Mordfall schreiben würde.

In der Geschichte ist der Journalismus verlogen und auf der Suche nach einem Sündenbock. Und das Problem, mit dem wir es zu tun haben, ist, dass eine verlogene Information eine Meinung in den Lesern bildet, ein Urteil. Michele Sparacino wird zum Schuldigen an jeder Art Unheil für jedermann, eben weil die Leserschaft durch die Information manipuliert wurde.

Weil damals die allgemeine Meinung durch Leute getragen wurde, die Zeitungen lasen. Heute liegen die Dinge völlig anders. Die Meinung wird heute durch das Fernsehen geprägt, Zeitungen lesen ja nur noch wenige.

Und der Einfluss ist wesentlich stärker.

Ungeheuer viel stärker. Daher gibt es eine wesentlich größere Verantwortung des visuellen Journalisten im Verhältnis zu dem, der für eine Zeitung schreibt.

Das Ergebnis ist, dass jeder Italiener eine eigene Hypothese, ja sogar eine eigene Überzeugung zu jedem Verbrechen, zu jedem Prozess hat.

Ich bin der Ansicht, dass wir Italiener eine automatische Delete-Taste haben, die uns eine Erinnerungsautonomie für einen Monat, höchstenfalls für eineinhalb Monate gewährt. Danach wird alles gelöscht und vergessen. Jedes Mal werden wir von allem aufs Neue überrascht: »Lieber Himmel, es hat eine Überschwemmung in Rom gegeben, die eine Höhe erreicht hat wie noch nie in der gesamten Geschichte …« Dann finden wir heraus, dass das Wasser von 1604 bis zur zweiten Etage gestiegen war. Aber unser Gedächtnis ist ungeheuer kurz.

Nur auf einem Gebiet haben wir ein Langzeitgedächtnis: beim Verbrechen. Das aber aus einem anderen Grund: denn auf der Stelle spalten wir uns in Unschuldanhänger und Schuldanhänger auf. Wir sehen den mutmaßlich Schuldigen und sagen: »Mein Gott, ist der mir unsympathisch! Der war es ganz sicher!« Oder der andere ist uns sympathisch, und deshalb halten wir ihn für unschuldig. Und auch wenn der Oberste Gerichtshof ihn zu lebenslanger Haft verurteilt, von diesem Augenblick an hält der Unschuldanhänger ihn weiterhin für unschuldig. Das ist das Einzige, was wir in Erinnerung behalten, und für diese Umstände gibt es daher noch größere Verantwortungen.

Das Problem ist weniger die Verantwortung des Italieners, der diese geradezu pathologische Leidenschaft für das Verbrechermilieu hat, als vielmehr desjenigen, der ihn dahin bringt.

Wenn man uns in der internationalen Rangliste auf Platz vierzig oder so in etwa in Fragen der Information setzt, dann glaube ich nicht, dass man der Meinung ist, es gebe keine Freiheit der Information in Italien, denn in Italien gibt es Freiheit. Das ist ganz einfach: Man muss nur Berlusconis »il Giornale« und die »l'Unità« kaufen, den geringsten gemeinsamen Nenner errechnen …

… und das Ergebnis ist eine gemäßigte Zeitung …

Genau. Die Mitte würde eine akzeptable Wahrheit hervorbringen.

Aber genau das ist es, was in den letzten Jahren in Italien fehlt: eine gemäßigte Meinung.

Und es fehlt an Umsicht und Besonnenheit. Der Zuschauer wird mit »Pferd und Karren«, wie man bei uns sagt, hineingeworfen. Man verlangt von ihm, eine Position zu beziehen. Dann erzähle ich immer, dass ich einen Freund hatte, das war zu der Zeit, als das italienische Fernsehen nur einen Kanal hatte und es den berühmten Colonnello Bernacca gab, der die Wettervorhersagen machte und sagte: »Morgen, am Sonntag, wird es strahlend schön, und Sie können einen Ausflug vor die Stadt machen.« Da sagte mein Freund immer: »Ob so oder so, den Schirm nehme ich auf jeden Fall mit.« Also bitte ich doch, dass man den Regenschirm vor den Nachrichten aufspannt. Wenn er sonst nichts schützt, schützt er wenigstens das Gehirn, und ihr könnt besser nachdenken.

Hätte Michele Sparacino wohl je ein Nicht-Sizilianer, ein Nicht-Provinzler sein können?

Nein. Er ist Provinzler und er ist Sizilianer.

Sizilianer oder Süditaliener ganz allgemein ...

Schön, er hätte auch aus einem kleinen Dorf in Kalabrien stammen können. Wenn ich diese Geschichten in einem einzigen Band zusammenfassen sollte, würde ich ihm den Titel geben *Geschichten aus Vigatà*, um deutlich zu machen, dass sie alle zur Welt von Vigatà gehören, sie spielen zwar in verschiedenen Zeiten und Epochen, gehören aber alle zur selben Welt.

Das ist die Welt von Vigatà, die für Ihre Schriftstellerei von grundlegender Bedeutung ist.

Es ist die einzige Welt, die ich kenne, denn die urbane Welt habe ich erst spät kennengelernt. Sicher, Palermo ist kein Dorf, aber das ist eine andere Geschichte: Ich bin dort zur Universität gegangen, habe Literaturwissenschaft studiert, aber es gab keinen Zwang, anwesend zu sein. Also ging man hin, hat seine Prüfung hinter sich gebracht und ist wieder in sein Dorf zurückgefahren und hat weiter gelernt. Erst als ich nach Rom gekommen bin, und damals war ich schon über vierundzwanzig, hatte ich die erste wirklich tiefgreifende Begegnung mit der Stadt. So kommt es auch, dass, wenn »la Repubblica« oder eine andere Zeitung mich bittet, eine Geschichte über Rom zu schreiben, mir das, ehrlich gesagt, schwerfällt, und am Ende schreibe ich immer Geschichten über meine Begegnung mit der Stadt – genau betrachtet, behandle ich immer das gleiche Thema.

Nur noch eine neugierige Frage zum Schluss. Warum haben Sie kein Internet oder eine E-Mail-Adresse?

Weil ich fürchte, überflutet zu werden.

Das ist nicht Teil Ihres Tages.

Nein, ich betrachte das als mögliche Einmischungen in meine Zeit. Ich bin sehr offen, aber es gibt auch Dinge, die mir unangenehm oder lästig werden können. Ich benutze zwar den Computer, aber, wie Grisham einmal gesagt hat: »Ich habe seit zehn Jahren einen Computer, ich kann nur auf dem schreiben, und ich zittre bei der Vorstellung, dass er kaputtgehen könnte.« Auch ich schreibe auf demselben alten Computer seit zehn Jahren, ich habe auch einen neuen, aber den benutzt die Frau, die mir hilft und auch versucht, meinen loszuwerden, der schon lange klemmt.

Neulich hat mein Schwiegersohn ein Handy mitgebracht, das aussieht, als wäre es von der NASA, er gibt es seiner elfjährigen Tochter, und sie, die bei mir sitzt, bringt es zum Funktionieren und beginnt, Spiele damit zu spielen. Wie man in Rom eben sagt: sie werden gelernt geboren, wohingegen wir das *cu lu culu* lernen, wie die Bauern das über die italienische Sprache sagten: durch Schläge auf den Hintern.

Wenn Sie das von uns leicht gekürzte Interview komplett lesen möchten, besuchen Sie uns bitte auf unserer Homepage www.ullstein-buchverlage.de/camilleri/

Vincent Delecroix
Der Schuh auf dem Dach

Roman. www.list-taschenbuch.de
ISBN 978-3-548-60962-1

Ein Schuh liegt einsam und allein auf einem Dach in Paris. Wie er dort hingekommen ist, weiß niemand so genau. Für ein kleines Mädchen hat ein Engel ihn dort vergessen; einer alten Dame hingegen ist er zunächst ein Ärgernis und dann der Beginn einer wunderbaren Freundschaft. Zehn verschiedene Perspektiven fügen sich hier zu einem bezaubernden Roman zusammen, der vom ganz normalen Glück, von Einsamkeit und von der Sehnsucht nach dem Sinn des Lebens erzählt.

»Zum Träumen schön und zum Weinen traurig, lebensklug und heiter« *Münchner Merkur*

»Mit leichter Hand geschrieben, voller philosophischer Reflexionen und très charmant« *Für Sie*

List Taschenbuch

L392

Stefan Ulrich

Arrivederci, Roma! Ein Jahr in Italien

Originalausgabe

ISBN 978-3-548-28143-8
www.ullstein-buchverlage.de

Dolce Vita in *Bella Italia*! Wovon so viele Deutsche träumen, ist für Familie Ulrich wahr geworden: Ein Leben in Rom, in einem echten *Palazzo*. Und das beinhaltet erst mal so einige Überraschungen. Als nach und nach jedoch der Alltag Einzug hält, beschließt Stefan Ulrich, im kommenden Jahr alle Regionen Italiens zu bereisen, von Südtirol bis Sizilien. Zum Glück wissen er und seine Lieben noch nicht, worauf sie sich da einlassen. Denn *Bella Figura* zu machen ist nicht immer einfach.

Die Fortsetzung des Bestsellers *Quattro Stagioni*

UB541

ullstein